Noémie, la fée des nénuphars

Pour Lily Bisseker, avec beaucoup d'amour

Un merci spécial à Sue Mongredien

Catalogage avant publication de
Bibliothèque et Archives Canada

Meadows, Daisy
Noémie, la fée des nénuphars / Daisy Meadows ;
texte français d'Isabelle Montagnier.

(L'arc-en-ciel magique. Les fées des fleurs ;
3) Traduction de: Louise, the lily fairy.

ISBN 978-1-4431-1624-4

I. Montagnier, Isabelle II. Titre. III. Collection: Meadows, Daisy.
Arc-en-ciel magique. Les fées des fleurs ; 3.

PZ23.M454No 2012 j823'.92 C2011-905758-1

Édition publiée par les Éditions Scholastic,
604, rue King Ouest, Toronto (Ontario) M5V 1E1

5 4 3 2 1 Imprimé au Canada 116 12 13 14 15 16

Noémie, la fée des nénuphars

Daisy Meadows

Texte français d'Isabelle Montagnier

Éditions SCHOLASTIC

Le palais
du Royaume
des fées
Le Manoir
aux cerisiers
Le Jardin des fées
Le village de
Tremble-Feuille
Le pavillon des visiteurs

Le château de glace du Bonhomme d'Hiver
Le lac de la Belle-Rive
L'aire de pique-nique
Le parc
Le magasin Foison de fleurs
Grande rue de Fleuronville
Les jardins des chutes de l'arc-en-ciel
Les floralies du château

Pour que les jardins de mon palais glacé
soient parés de massifs colorés,
j'ai envoyé mes habiles serviteurs
voler les pétales magiques des fées des fleurs.

Contre elles, les gnomes pourront utiliser
ma baguette magique aux éclairs givrés
afin de me rapporter
tous ces beaux pétales parfumés.

TABLE DES MATIÈRES

Promenade en forêt 1

Surprise sur l'île 17

À l'eau! 31

Vague de panique 39

Pétale perdu et retrouvé 49

Nénuphars en fleur 57

Promenade en forêt

— Le lac de la Belle-Rive est par là! crie Rachel en apercevant un panneau en bois.

Son chien, Bouton, trotte à ses côtés. Il s'arrête pour renifler les arbres et les buissons en chemin.

Karine Taillon sourit à sa meilleure amie Rachel. Les deux fillettes font une randonnée pédestre avec leurs parents.

Bouton accélère le pas en arrivant sur le sentier qui s'enfonce dans la forêt.

Karine est vraiment contente de passer le congé de mars avec sa famille et celle de Rachel cette année. Cela lui rappelle l'été où elle a rencontré Rachel à l'Île-aux-Alizés : les deux familles étaient en vacances dans des maisons voisines. Depuis, Karine et Rachel sont les meilleures amies du monde et elles vivent toujours des aventures passionnantes quand elles sont ensemble!

Cette fois-ci, les deux familles passent toute une semaine dans un vieil hôtel, le Manoir aux cerisiers. Aujourd'hui, elles ont prévu une excursion au lac de la Belle-Rive.

— J'ai hâte de voir le lac, dit Karine en empruntant le sentier qui descend au milieu des arbres. Il y a une photo dans le guide de maman et ça a l'air vraiment joli.

Rachel sourit à Karine.

— Je me demande ce que nous verrons

d'autre aujourd'hui, dit-elle à voix basse.

Karine comprend exactement ce que son amie veut dire.

— Oh! J'espère que nous rencontrerons une autre fée des fleurs, murmure-t-elle. Mais souviens-toi de ce que répète toujours la reine des fées : nous devons laisser la magie venir à nous!

Karine et Rachel partagent un secret merveilleux. Elles sont amies avec les fées! Elles ont vécu toutes sortes d'aventures féeriques ensemble. Leur dernière aventure a commencé il y a deux jours quand les sept fées des fleurs leur ont demandé de les aider.

— Le lac! s'exclame Mme Taillon, ce qui fait sursauter les fillettes.

Préoccupées par les fées, Karine et Rachel n'ont pas remarqué que la forêt faisait place à un nouveau paysage. Devant elles s'étendent des eaux bleues qui scintillent au soleil.

Le petit groupe se rend jusqu'à la rive ensoleillée.

— C'est absolument magnifique, s'émerveille Rachel en regardant les bois qui entourent le lac. Est-ce une île là-bas au milieu?

— On dirait que oui, acquiesce son père

en se protégeant les yeux du soleil pour regarder dans la direction indiquée par Rachel.

Puis il retient vite Bouton par le collier pour l'empêcher de se précipiter sur les canards qui barbotent dans les roseaux au bord du lac.

— Bouton, ne fais pas peur aux canards! Il vaut mieux que je te mette en laisse, ajoute M. Vallée en joignant le geste à la parole.

— Oh, regardez! s'écrie Karine.

Elle vient de remarquer un petit ponton au bord du lac, non loin de l'endroit où ils sont. Un petit hangar à bateaux se trouve à côté et quelques chaloupes sont amarrées à des pieux. Karine se tourne vers Rachel, les yeux brillants.

— Veux-tu aller faire un tour en bateau?

— Est-ce qu'on peut, maman? demande Rachel à ses parents avec espoir.

Les quatre adultes se concertent du regard.

— Je n'y vois pas d'inconvénient, répond Mme Vallée, à condition que vous portiez des gilets de sauvetage. Vous pouvez louer un bateau toutes les deux pendant que nous faisons le tour du lac à pied.

— Super! se réjouit Karine. Allons-y, Rachel!

Mme Taillon accompagne les fillettes jusqu'au hangar à bateaux. Le préposé aux bateaux est très sympathique. Il détache une barque et leur montre comment mettre leurs gilets de sauvetage.

— Faites bien attention, les filles! dit Mme Taillon.

— Ne vous inquiétez pas, tout ira bien, répond

Rachel en s'asseyant prudemment sur le siège en bois.

Le bateau tangue doucement sur l'eau et un frisson d'enthousiasme la parcourt.

— Merci, maman. À tout à l'heure! crie Karine.

Mme Taillon leur fait signe de la main :

— Amusez-vous bien!

Puis elle va rejoindre les autres adultes.

— Qui va ramer? demande le préposé.

— Nous allons ramer à tour de rôle, dit Rachel. Veux-tu commencer, Karine?

Karine hoche joyeusement la tête. Le préposé passe une paire de rames aux fillettes et les aide à les glisser dans les chevilles.

— Merci, dit Karine en regardant le lac

avec excitation.

De nombreuses plantes flottent sur l'eau. Karine utilise une rame pour en rapprocher une. Les feuilles de la plante sont rondes et luisantes.

— Est-ce que ce sont des nénuphars? demande-t-elle, intriguée, au préposé aux bateaux.

Il hoche la tête.

— C'est à cause de tous ces nénuphars que le lac s'appelle Belle-Rive explique-t-il. À cette époque, ils sont normalement en fleur, surtout ici au soleil, mais cette année, ils sont en retard.

Son visage tanné esquisse un sourire.

— Il faudra que vous reveniez quand ils seront en fleur. C'est un spectacle à ne pas manquer!

Le préposé pousse le bateau sur le lac et les fillettes échangent un regard entendu.

— Nous savons pourquoi les nénuphars ne sont pas en fleur, chuchote Rachel quand elles sont hors de portée de voix. C'est parce que le pétale magique de Noémie a disparu!

Karine hoche la

tête et saisit les rames. Le premier jour des vacances, les fillettes ont rencontré Téa, la fée des tulipes. Celle-ci leur a raconté comment les sept pétales magiques des fées des fleurs ont été dispersés dans le monde des humains.

Le malicieux Bonhomme d'Hiver avait envoyé ses sept vilains gnomes voler les pétales magiques afin de les utiliser pour faire pousser des fleurs autour de son château de glace.

Mais quand les fées des fleurs ont essayé d'utiliser leur magie pour récupérer les pétales, leur formule magique a croisé celle du Bonhomme d'Hiver et l'explosion qui en a résulté a propulsé les pétales hors du Royaume des fées.

Sans leurs pétales magiques, les fées ne peuvent plus aider les fleurs à pousser et à fleurir. Les nénuphars ne sont pas les seules fleurs qui sont en retard ce printemps. Aucune fleur ne pousse comme il se doit! Les fillettes ont promis d'aider les fées à retrouver leurs pétales et à les ramener au Royaume des fées. Comme elles ont déjà trouvé le pétale de tulipe de Téa et le pétale de coquelicot de Claire, certaines fleurs ont recommencé à fleurir.

Mais il manque encore cinq pétales magiques.

Rachel sourit à Karine qui est assise à l'autre bout de la chaloupe.

— Penses-tu à la même chose que moi? demande-t-elle.

Karine lui adresse un grand sourire.

—J'espère qu'on retrouvera le pétale de nénuphar aujourd'hui! répond-elle.

Le lac de la Belle-Rive est vraiment ravissant, se dit Rachel alors que Karine rame vers le milieu. Des libellules émeraude effleurent la surface de l'eau qui miroite au soleil. De temps en temps, Rachel voit quelques gros poissons orangés qui se faufilent d'un côté de la chaloupe à l'autre.

— Nous nous rapprochons de l'île, dit Karine au bout d'un moment. Aimerais-tu aller l'explorer?

Rachel se retourne et voit l'île toute proche derrière elle. Elle aperçoit un petit ponton, et des arbres et des buissons en retrait du rivage.

— Bonne idée, dit-elle.

Karine dirige la chaloupe vers le ponton. Les deux fillettes amarrent soigneusement la chaloupe et mettent pied à terre.

— Comme c'est joli ici! s'exclame Rachel en regardant autour d'elle.

Karine acquiesce. Des papillons volettent entre les arbres et des oiseaux chantent.

— Allons explorer! suggère-t-elle.

Les deux amies s'engagent sur un sentier de pierre qui s'éloigne du rivage et traverse un petit bois. Elles ne se sont pas rendues très loin quand elles entendent un bruit. *Pssit!*

— Qu'est-ce que c'était? chuchote Karine qui s'arrête et regarde autour d'elle.

Rachel montre du doigt un buisson tout près et lui répond par un sourire tout en agitant la main :

— Ça venait de là-bas.

Karine s'étonne de voir Rachel gesticuler devant le buisson. Puis elle se met à rire en voyant la fée minuscule qui leur jette des regards furtifs, dissimulée derrière des feuilles. Le premier jour des vacances, les

fillettes ont rencontré toutes les fées des fleurs et Karine reconnaît celle-ci immédiatement.

— Bonjour Noémie! dit-elle en s'approchant avec Rachel. Nous espérions te rencontrer aujourd'hui!

La fée leur adresse un sourire rayonnant et s'élance dans les airs au milieu d'une nuée d'étincelles roses.

— Bonjour, dit-elle joyeusement. J'espérais vous voir moi aussi.

Les cheveux blonds de Noémie sont retenus par de jolies barrettes roses et retombent sur ses épaules en boucles souples. Elle porte une robe vert clair avec une large ceinture en soie rose pâle et des bottes vertes assorties à sa robe.

Noémie se pose tout doucement sur l'épaule de Rachel et son joli visage s'assombrit pendant un instant.

— Avez-vous vu les gnomes? Ils sont sur l'île eux aussi. Je viens juste de les entendre dire qu'ils savent où est mon pétale!

À cette nouvelle, Karine fronce les sourcils. Ce n'est jamais agréable de rencontrer les gnomes, mais cette fois-ci, c'est encore pire. Le Bonhomme d'Hiver est tellement prêt à tout qu'il a donné aux gnomes une baguette chargée de sa magie glacée. Jusqu'à présent, Karine et Rachel ont pu déjouer les gnomes, mais c'est

beaucoup plus difficile maintenant qu'ils sont armés d'une baguette magique!

— À quoi ressemble ton pétale? demande Rachel.

— Il est rose pâle, lui dit Noémie. Il aide les nénuphars et toutes les fleurs roses du monde entier à pousser.

Les fillettes ont appris que chaque pétale magique est chargé de faire pousser un certain type de fleur. Il aide aussi les autres fleurs de la même couleur à s'épanouir.

— Où sont les gnomes? demande Karine.

— De l'autre côté de l'île, répond Noémie. Suivez-moi!

Elle agite ses ailes scintillantes et s'envole dans les airs. Rachel et

Karine la suivent à travers la forêt. Les gnomes les rendent nerveuses. Karine espère qu'elles pourront retrouver le pétale de Noémie avant l'un d'entre eux!

Quelques minutes plus tard, Noémie se perche sur un grand buisson et fait signe aux fillettes de s'accroupir derrière elle. Puis elle pose un doigt sur ses lèvres.

— Ne faites pas de bruit, murmure-t-elle en agitant sa baguette.

Un nuage de poussière magique rose s'en échappe.

Aussitôt, les brindilles et les feuilles du buisson s'écartent subrepticement. Rachel et Karine constatent qu'elles sont arrivées de l'autre côté de l'île. Les eaux bleues du lac sont à quelques pas de leur cachette.

Rachel écarquille les yeux en voyant un pont qui relie l'île à la rive la plus éloignée du lac. Elle ne l'avait pas remarqué avant. Soudain, elle se rend compte que ce pont est étrange. En effet, c'est un

pont de glace!

— Les gnomes ont utilisé la baguette du Bonhomme d'Hiver pour fabriquer ce pont et ainsi venir sur l'île, confirme Noémie dans un murmure.

Karine ne peut s'empêcher d'admirer le pont de glace. Le soleil se reflète dessus et fait scintiller et étinceler les cristaux de glace. Mais elle se rend vite compte que le pont ruisselle.

— Le pont est en train de fondre! s'exclame-t-elle.

Splash! Une section du pont s'effondre dans le lac.

Noémie hoche la tête.

— En effet. Ils devront utiliser leur magie pour fabriquer un autre pont quand ils voudront quitter l'île.

— Que font-ils? chuchote Rachel, inquiète.

Noémie et les fillettes observent une scène étrange. La branche d'un arbre sur le rivage ploie au-dessus de l'eau sous le poids d'un gnome qui y est suspendu par ses grands pieds verts, la tête en bas.

En fait, six autres gnomes se balancent au-dessous de lui, accrochés aux pieds les uns des autres. Le gnome le plus bas, facilement repérable à ses grandes oreilles, tend la main pour atteindre quelque chose à la surface du lac que les fillettes ne peuvent pas distinguer.

Quand il se retourne pour donner des ordres à ses camarades, Karine et Rachel poussent une exclamation de surprise en voyant ce qu'il essaie d'attraper.

Le pétale rose pâle de Noémie se trouve

à deux doigts du gnome aux grandes oreilles. Il est posé sur un nénuphar qu'un coup de vent pousse encore plus près de lui. Les trois amies retiennent leur souffle. À tout moment, le gnome va se retourner et voir que le nénuphar est juste sous son nez!

À l'eau!

— Ne touche pas à ce pétale! crie Rachel en sortant précipitamment de sa cachette, suivie de Karine et de Noémie.

Les fillettes ont surpris les gnomes. Celui qui tenait le pied du gnome aux grandes oreilles le lâche soudainement et ce dernier tombe dans le lac avec un gros *plouf!*

Karine, Rachel et Noémie ne peuvent s'empêcher de rire en voyant le gnome sortir du lac, tout trempé. Il s'ébroue comme un chien et envoie de l'eau et des algues dans tous les sens. Ses amis, encore suspendus à l'arbre, rient bruyamment.

Mais le gnome mouillé semble indifférent

aux moqueries de ses camarades. Il est trop occupé à agiter le pétale rose dans les airs, triomphalement.

— Regardez ce que j'ai! se vante-t-il. Je vais le porter moi-même au Bonhomme d'Hiver. Il va être vraiment content de moi!

Noémie tape du pied dans un accès de dépit. Des étincelles rose pâle s'envolent dans les airs.

— Oh non! gémit-elle, ce n'est pas vrai! Il a mon pétale de nénuphar!

Les autres gnomes dégringolent de l'arbre.

— Laisse-nous le voir, dit un gnome aux yeux croches qui tient la baguette magique du Bonhomme d'Hiver.

Mais le gnome aux grandes oreilles serre fièrement le pétale contre sa poitrine.

— Pas question, rétorque-t-il. Je vais m'en occuper moi-même!

— Ce pétale appartient à Noémie, la fée des nénuphars, dit Karine de sa voix la plus féroce. Maintenant, rends-le-lui!

— Non! ricane le gnome aux grandes oreilles.

Il esquive Rachel qui essaie de l'attraper.

— Sauvez-vous! crie le gnome à la baguette.

À ces mots, les sept gnomes s'éloignent des fillettes à toute allure.

Karine, Rachel et Noémie les poursuivent entre les arbres, jusqu'à l'autre bord de l'île. Les gnomes atteignent le ponton le temps de le dire. Les fillettes entendent leurs cris de joie lorsqu'ils aperçoivent la chaloupe.

— Exactement ce dont nous avions besoin! se réjouit un gnome.

— Et comme le pont est en train de fondre, ces vilaines filles ne pourront pas quitter l'île! ricane un autre.

En approchant du ponton, Rachel regarde avec horreur les gnomes regroupés autour du petit bateau.

— Hé! c'est le nôtre! crie-t-elle.

Mais les gnomes montent déjà à bord en faisant de grands signes aux fillettes.

— Trop tard! lance le gnome aux grandes oreilles alors qu'un de ses amis détache l'amarre et

pousse le bateau pour l'éloigner du rivage.

— Au revoir! glousse le gnome à la baguette.

Il se tient les côtes comme s'il avait dit la chose la plus drôle au monde.

Sur le ponton, Karine et Rachel sont obligées de les regarder partir.

— Oh non! grogne Karine. Sans notre bateau, nous sommes coincées ici. Qu'allons-nous faire?

Vague de panique

— Je vais vous transformer en fées, bien entendu, dit Noémie avec un sourire espiègle.

Elle agite sa baguette au-dessus des deux fillettes et une nuée de poussière magique au parfum fleuri tourbillonne autour d'elles. Instantanément, Karine et Rachel se sentent rapetisser et prennent la taille des fées.

Rachel fait battre ses ailes délicates et lance un regard furieux aux gnomes.

— Qu'attendons-nous? s'écrie-t-elle. Suivons ce bateau!

Les trois fées volettent vers la chaloupe. Karine remarque que les gnomes ne vont pas très vite. En s'approchant, elle comprend pourquoi : ils ne cessent de se disputer!

— J'ai le pétale, c'est moi qui devrais être

capitaine! crie un gnome.

— Non, ce devrait être moi, rétorque le gnome aux yeux croches. J'ai la baguette!

Le gnome au pétale se renfrogne et se lève. La chaloupe se met à tanguer et menace de chavirer.

— Hé!

— Assieds-toi!

— Arrête! crient ses amis en le tirant pour l'obliger à s'asseoir.

— Tu te prends pour un capitaine? Tu as failli nous faire tomber à l'eau, espèce de sans-dessein, se plaint l'un d'entre eux.

— Alors, c'est moi le capitaine, insiste le gnome aux yeux croches.

— Et moi, je vais ramer, annonce un gnome maigrelet.

— Non, moi! proteste le grand gnome qui est à côté de lui.

— Vous pouvez avoir une rame chacun, ordonne le gnome aux yeux croches d'un ton autoritaire. C'est le capitaine qui commande et je vous interdis de vous disputer!

Les fées voltigent derrière la chaloupe au moment où les deux gnomes commencent à ramer. Mais comme ils rament dans des directions différentes, la chaloupe avance à peine.

Le gnome aux yeux croches soupire.

— Ça ne sert à rien, se plaint-il. Vous devez ramer en même temps et dans la même direction, espèces de bons à rien!

Au bout d'un moment, les rameurs semblent comprendre le principe et la chaloupe avance lentement sur le lac.

— Je me demande où ils vont, dit Rachel d'un air songeur. Je suppose que ce serait trop risqué pour eux de retourner au hangar aux bateaux. Ils pourraient se faire repérer par le préposé.

Karine plisse les yeux en remarquant que la chaloupe se dirige dans une direction différente.

— Regardez! dit-elle en montrant du doigt un endroit proche du hangar. Il y a une plage là-bas, cachée par les arbres. Je parie que c'est leur destination. Allons les y attendre.

Les deux autres acquiescent. Elles s'envolent toutes trois vers la petite plage et se posent sur le sable. Quand le bateau est tout près, Noémie utilise sa baguette pour redonner à Karine et à Rachel leur taille humaine.

— Qu'est-ce qui vous a pris autant de temps? demande Rachel aux gnomes avec un sourire.

— Ah non! Pas toi encore! s'écrie le gnome aux grandes oreilles en faisant une grimace.

Puis, la baguette à la main, il dit aux autres gnomes d'un air vantard :

— Ne vous inquiétez pas. Je peux m'occuper d'elles.

Alors, il pointe la baguette vers les fillettes et crie :

— Ô baguette magique, fais une grosse vague pour balayer ces fillettes et euh... leur complice!

— Vague et complice? se moque Karine. Ça ne rime pas du tout!

— Leurs formules magiques sont de pire en pire, approuve Rachel.

— Mais ça ne les empêche pas de marcher! s'écrie Noémie effrayée.

En effet, la plus grosse vague qu'elles aient jamais vue se dirige vers elles. On dirait une muraille d'eau!

Rachel et Karine reculent, mais pas assez rapidement.

— Elle arrive trop vite, s'exclame Rachel. À l'aide!

Noémie réagit en une fraction de seconde. Elle jette de la poussière magique sur les fillettes qui redeviennent des fées. Toutes trois s'élancent dans les airs, hors de portée de la vague.

— Ouf, soupire Rachel. Merci, Noémie. Cette vague est vraiment énorme.

— Et elle va frapper les gnomes, ajoute

Karine. Regardez!

Les trois fées scrutent le lac. Les gnomes sont sur le point d'être victimes de leur propre sortilège! Ils crient et montrent du doigt la vague magique qui approche rapidement. Soudain, elle les engloutit, renverse la chaloupe et la projette sur la plage. Puis l'eau se retire.

— Hé!

— Il fait noir!

— Qui a éteint la lumière? crie l'un des gnomes emprisonnés sous le bateau.

Puis, on entend un grand bruit de coups de poing. Les trois fées se regardent, ne sachant pas trop quoi faire.

— Ces gnomes devraient rendre la baguette au Bonhomme d'Hiver, dit Karine.

— Cette fois, elle leur a causé de gros

problèmes, convient Rachel.

Noémie hoche la tête.

— Ils ont de la chance que je sois assez gentille pour les prendre en pitié, dit-elle.

Elle s'élance vers le bateau, suivie de Rachel et de Karine.

Noémie prononce quelques mots magiques et fait tournoyer sa baguette au-dessus de la chaloupe. Des étincelles magiques rose pâle s'en échappent et la chaloupe se retourne lentement sur elle-même jusqu'à ce que son fond repose sur le sable.

Les gnomes se relèvent en toussant, en crachant et en s'ébrouant.

— Je suis trempé, marmonne l'un d'entre eux en faisant une grimace. Maudite chaloupe, maudite vague. Et où est le pétale, au fait?

Le gnome qui tenait le pétale a l'air contrarié.

— Cette vague me l'a arraché des mains, grogne-t-il.

Il cherche partout. Ne le trouvant pas, il se tourne vers le gnome à la baguette.

— Tout ça est ta faute, accuse-t-il d'un ton brusque. Ta faute et celle de ta formule magique archinulle!

— Ma formule magique archinulle? rétorque le gnome à la baguette. Tes doigts archinuls, tu veux dire. Tu aurais dû serrer le

pétale davantage. Je savais qu'on ne pouvait pas te faire confiance!

Alors que les gnomes se querellent pour savoir à qui la faute, quelque chose attire l'attention de Rachel. Elle volette au-dessus de l'eau pour voir de plus près, puis arbore un grand sourire et fait signe à ses amies de s'approcher.

— J'ai trouvé le pétale, murmure-t-elle. Regardez là-bas! Il flotte sur le lac!

Rachel descend en piqué pour saisir le pétale, mais comme il est mouillé, il est trop lourd. Ses amies viennent l'aider.

Quand les gnomes voient ce qu'il se passe depuis la plage, ils poussent des grognements.

— Ces chipies vont prendre le pétale maintenant! se plaint le gnome aux grandes oreilles en tapant du pied.

Le gnome aux yeux croches lève sa baguette et annonce :

— Ne vous inquiétez pas. Je vais m'occuper de…

Mais les autres gnomes lui sautent dessus avant qu'il ait eu la chance de finir sa phrase.

— NOOON! s'écrient-ils en chœur, à la grande joie des fillettes.

— Plus de formules magiques! Souviens-toi de ce qui est arrivé la dernière fois, se plaint le gnome maigrelet qui a encore de l'eau dans les oreilles.

Noémie agite sa baguette sur le pétale de nénuphar et

lui redonne la taille qu'il avait au Royaume des fées. Avec un grand sourire, le pétale serré contre elle, elle se retourne vers les gnomes.

— La prochaine fois, ne prenez pas des choses qui ne vous appartiennent pas! les sermonne-t-elle. Vous pourrez dire ça au Bonhomme d'Hiver aussi!

Les gnomes l'ignorent et partent en traînant lourdement les pieds, l'air renfrogné.

Noémie sert Rachel et Karine dans ses bras avec gratitude.

— Merci beaucoup, les filles, dit-elle. Maintenant, je vais ramener mon pétale directement au Royaume des fées,

là où il doit être.

Elle pointe sa baguette vers les fillettes et un nuage de poussière magique les entoure.

Rachel et Karine reprennent soudainement leur taille normale. Elles se retrouvent assises dans la chaloupe, les rames bien en place!

— Je vais vous renvoyer sur le lac, ajoute Noémie en souriant.

Elle agite de nouveau sa baguette.

Rachel et Karine sont ravies de voir le bateau glisser sur la plage et entrer dans l'eau tout seul.

— Merci Noémie! lance Karine.

Rachel fait un signe de la main à la petite fée, puis elle saisit les rames.

— Au revoir! dit-elle en clignant de l'œil.

Puis Noémie disparaît dans une nuée d'étincelles roses.

Rachel rame et dirige le bateau vers le hangar. Heureusement, la magie de Noémie a complètement asséché la chaloupe. Le préposé ne saura jamais que

l'une de ses chaloupes a été renversée par une vague géante.

— Juste à temps, dit joyeusement Karine quand elles s'approchent du hangar. Regarde, nos parents arrivent.

Rachel tourne la tête et aperçoit les quatre adultes qui finissent leur promenade et se dirigent vers le hangar d'un pas tranquille.

— Je suis sûre que nous avons fait une balade plus palpitante que la leur! plaisante-t-elle.

Elle s'interrompt en voyant une fleur rose s'ouvrir sur un nénuphar tout près.

— Oh! Les nénuphars s'épanouissent! s'écrie-t-elle joyeusement.

— En voilà un blanc! dit Karine. Oh! et un autre rose! Ils s'ouvrent tous!

Les deux amies échangent un sourire.

— La magie du pétale de Noémie opère de nouveau, déclare Rachel. Ça n'a pas pris longtemps!

Le retour au milieu des superbes nénuphars roses et blancs est merveilleux.

Quand les fillettes atteignent le hangar, le préposé aux bateaux secoue la tête d'un air stupéfait.

— Et je vous avais dit que vous devriez revenir pour voir les nénuphars en fleur,

glousse-t-il. On dirait de la magie, la façon dont ils commencent tous à s'ouvrir maintenant!

Les fillettes hochent la tête, mais Karine n'ose pas regarder Rachel de peur d'éclater de rire. *On dirait de la magie. C'est de la magie!* pense-t-elle avec un sourire.

— Bonjour! lancent M. et Mme Vallée en avançant à grandes enjambées, suivis de Bouton.

— Vous êtes-vous bien amusées? demande le père de Karine.

Rachel regarde Karine.

— Oh oui! dit-elle, l'air ravi. C'était un après-midi absolument magique!

L'ARC-EN-CIEL magique

LES FÉES DES FLEURS

Noémie, la fée des nénuphars, a récupéré son pétale magique. Maintenant, Rachel et Karine doivent aider

Talia,

la fée des tournesols!

Voici un aperçu de leur prochaine aventure!

À l'extérieur du pavillon des visiteurs, Rachel Vallée et sa meilleure amie, Karine Taillon, se sont arrêtées pour lire le message qui y est affiché :

— *Bienvenue à Tremble-Feuille*, lit Rachel à voix haute. *Venez voir notre magnifique village et ses tournesols à floraison précoce!*

— N'est-ce pas un beau nom pour un

village? plaisante Karine en attendant avec Rachel que leurs parents les rattrapent.

Les Taillon et les Vallée accompagnés de leur chien Bouton passent le congé de mars ensemble au Manoir aux cerisiers qui est situé près du village de Tremble-Feuille.

— Avec un nom comme Tremble-Feuille, on s'attend à voir plein de belles fleurs, poursuit Karine.

Rachel acquiesce, puis elle prend un air sérieux.

— Mais les tournesols de Tremble-Feuille arriveront-ils à fleurir, maintenant que les pétales magiques ont disparu? demande-t-elle à son amie.

Karine fronce les sourcils.

— C'est vrai. Nous n'avons pas encore trouvé le pétale magique de Talia! s'exclame-t-elle.

LE ROYAUME DES FÉES N'EST JAMAIS TRÈS LOIN!

Dans la même collection

Déjà parus :

LES FÉES DES PIERRES PRÉCIEUSES

India, la fée des pierres de lune
Scarlett, la fée des rubis
Émilie, la fée des émeraudes
Chloé, la fée des topazes
Annie, la fée des améthystes
Sophie, la fée des saphirs
Lucie, la fée des diamants

LES FÉES DES ANIMAUX

Kim, la fée des chatons
Bella, la fée des lapins
Gabi, la fée des cochons d'Inde
Laura, la fée des chiots
Hélène, la fée des hamsters
Millie, la fée des poissons rouges
Patricia, la fée des poneys

LES FÉES DES JOURS DE LA SEMAINE

Lina, la fée du lundi
Mia, la fée du mardi
Maude, la fée du mercredi
Julia, la fée du jeudi
Valérie, la fée du vendredi
Suzie, la fée du samedi
Daphné, la fée du dimanche

LES FÉES DES FLEURS

Téa, la fée des tulipes
Claire, la fée des coquelicots
Noémie, la fée des nénuphars

À paraître :

Talia, la fée des tournesols
Olivia, la fée des orchidées
Mélanie, la fée des marguerites
Rébecca, la fée des roses